月の山

Hasegawa Toko

長谷川冬虹句集

青磁社

蔵王を父月山を母春の山　長谷川櫂

月の山＊目次

序句　長谷川櫂　1

伊達雑煮　二〇〇九〜一四年　7

雪解川　二〇一五・一六年　31

柚子湯　二〇一七〜一九年　47

卒業歌　二〇二〇・二一年　91

冬の雷　二〇二二・二三年　121

あとがき　154

季語索引　156

初句索引　175

句集

月の山

伊達雑煮

二〇〇九〜一四年

二〇〇九年

瞳黒きシルクロードの西瓜売

胡同《フートン》やこなたかなたの蟬時雨

包子《バオズ》食む王府井《ワンフーチン》は秋夕焼

詩仙堂

杜甫李白孟浩然みな草紅葉

小春日を賜る妻の誕生日

コペンハーゲン

初空や口笛で吹くサンタルチア

二〇一〇年

冬浪のごとロシア語の寄せ来たり

雲間に乳首のごとく夏嶺立つ

岩手葛巻

分校はエコスクールよ夏の山

万緑の声みちみてり橅の森

西瓜畑赤子の尻の並びたり

ゆきむすびその名うるはし今年米

旅人におでんの屋台釜山駅

中華街小籠包でクリスマス

サンフランシスコ

二〇一一年

焼鯊を小太刀のごとく伊達雑煮

四世代十有五人雑煮椀

入院

雪晴や歯磨きできる倖せよ

山の向かうの向かうは雪の山形よ

春暁の夢亡き父に見舞はるる

東日本大震災

みちのくを三月十一日二分けす

三月や蠟燭の灯に吾子を抱く

ロシア語で啄木の歌春の月

福島の林檎の花のいたはしき

えごの木の花降る星降るわが狭庭

さみだれや放射能雨の鹏り降る
梅雨の闇まどろみをれば余震また
生き延びて螢見てをり汝と吾

螢は天の川より飛び来しか

上海

炎昼や十三億の人いきれ

鈴虫を真似てゐるまに丸寝の子

湯気あげて今年米てふよき言葉

謹みて新米を研ぎゆつと研ぐ

フィンランド

朝市や馬鈴薯の名はヴァン・ゴッホ

藤原は三代農は百代大根干す

二〇一二年

餅自慢雑煮自慢や年迎ふ

岩波新書広告『脱原子力社会へ』

初刷や脱原発のわが一書

一年を存へてまた雛飾る
クロッカスけふが最後のランドセル
うたふ子らみな生き延びよ卒業歌

映画「マーガレット・サッチャー」

老い深き鉄の女へ花の雨

長谷川は長谷寺ゆかり白牡丹

安達太良の憤怒のごとく雷鳴す

色褪めし家族写真の水着かな

迎へ火や那智勝浦の辻々に

二〇一三年

蔵王嶺は茂吉の山河初御空

盛岡も北上も雪初句会

ぶつ切りを風邪の男へ根深汁

スペインビルバオ

闘へる牛のかたちに斑雪

初蛙汝も津波の語り部ぞ

イスタンブール

バザールのランプ擦れば虹の橋

山田みづえ先生を悼む

石楠花やむすんでひらいて逝きたまふ

捩花のねぢれねぢれて恥入りぬ
バンコクの甍は赤し稲光
塩むすびに勝るものなし今年米

南インド

マサーラの薫れる家に年忘れ

大雪となる御降りの面白さ

二〇一四年

茂吉忌はけふも試験日開始ベル

ぞうさんのうたをうたへばひなあられ

春なれや白き乳房の月の山

上京や白河以南花の中

金粉にまみれて眠し花虻は

船橋晴俊先生を悼む

柩の中千草八千草溢れけり

語り継ぎ書き継ぐわれら鰯雲

還暦や連夜旅寝の菊の酒

竜胆やおもだち母似十五歳

白河の関守ならん穴まどひ

雪解川

二〇一五・一六年

二〇一五年

太箸や祝ひの鯛の大睨み

米寿喜寿うち揃うたり粥柱

花びら餅春なほ遠き城の町

東京にあこがれる子へ寒卵

一献は今宵やらひし鬼のため

茂吉忌やこの朝太き霜柱

雪解やいま波猛る小国川

ただいまと大きな声の受験の子

厳かに夜の明けゆくや三月十一日

この浜も四年経ちしか水仙花
かつて大事ありけふ卒業の君らかな
卒業歌この歌声を忘るるな

四年後の大地を讃へ卒業歌

けふよりは高校生ぞ初わらび

はにかみて出産予定日花のころ

花びらはみどり児に降る母に降る

父の忌の近づく花の虚子忌かな

向日葵ハ暑サニ負ケヌデクノボー

若き日の妻の色なる桔梗かな

月餅の大きな月を掌の中に

新涼や伝頼朝の御姿

還暦を一つ過ぎたり今年酒

笠島はここぞと揺るる花薄

みちのくの闇は音なし牡丹焚く

牡丹焚き大横綱を悼みけり

柚小柚帰国の夜の冬至風呂

二〇一六年

初御空いよよ真白き月の山

五年後のこの浦ゆたか牡蠣筏

五年とや今宵あまたの春の星

剪定はばさと推敲はばつさりと

吉野山の桜に届く訃報あり

偉丈夫の骨壺かろし花の塵

熊本地震

朴の花地震に堪へし宇土櫓

北限のひときは香る花柚かな

咲きあふる野生の力えごの花

お多福豆母は米寿となり給ふ

尾瀬や夏岩魚尽くしの馳走かな

次々と子ら飛び込みて鮎となれ

松島や島から島へ天の川

父母は十七なりき敗戦日

台風来いよいよ真暗き海のいろ

村歌舞伎果てたる夜のちちろ虫

柚子湯

二〇一七〜一九年

二〇一七年

電話から卒寿の母の淑気かな

妻を恋ふ誰の投句か初句会

歌の神へ年酒一献奉れ

かりかりと六十と二つ福の豆
鉛筆と消しゴムの音大試験
いつせいに鉛筆を置く受験生

北上の水のあふるる春田かな

春立つやきつねうどんに柚子一片

雛段もたをやか紅花御大尽

六年経て大虚空より春の雪

鶺は口吸ふごとく桜吸ふ

しだれ桜伊達と南部の国境

はくれんは貝がらのごと砕けたり

牡丹の芽のあかあかと六年後

渾身の蕾をほどく牡丹かな

村上水軍

炎帝の紅ならん陣羽織
海賊の幟千切れん大南風
浦々に海賊潜む鮑とり

嘶きは野馬の慟哭夏の草

天が下馬駆け抜けよ野馬祭

野馬追やがぼがぼと鳴る馬盥

野馬駈けの女武者なり水の汗

野馬駈けや鞭一閃の入れ処

駆け抜けてどれも相馬の裸馬

船橋晴俊先生四回忌

わが恩師敗戦の日に逝かれけり

敗戦日丸山忌また恩師の忌

丸山忌は丸山眞男の忌日

山の湯や千山万水虫時雨

父祖の地の会津に入るや蕎麦の花

アフリカのお面さながら朴落葉

今年酒句を選ぶかに飲み比べ

今年酒古稀なほはるか山の宿

胸中を瀧たぎり落つ九月尽

行く秋の光の奥に瑞巌寺

山茶花の泣いて笑うて散りしきぬ
いさぎよし桃も林檎もみな冬木
まづ一献昆布で〆たる寒鰤

月の輪の熊の子にはや獣の眼

冬枯の大地紅濃く紅淡く

北限の柚子の聖樹に実のたわわ

柚子風呂や今年訪ねし国の数

星のごと七つ浮かべて柚子湯かな

冬至粥卒寿の母は俳句詠む

茂吉現れよ吹雪逆巻く最上川

二〇一八年

年新た翡翠の声聞こえけり

受験子の力やしなへ粥柱

脊髄を刺して鮟鱇活〆に
鑼られつつ大鮟鱇は睨みけり
米蔵塩蔵味噌蔵文蔵豆を打つ

吹雪く夜は追儺の鬼に宿貸さん

獣の糞新しき春来たり

ガムランは恋猫のごと狂ほしく

我らみな風に吹かるる吊し雛

満月は女雛北斗は男雛かな

七十七億の中の二人や雛の夜

伊勢海老の髭の跳び出す花の膳

花の雨父の忌近き蔵王かな

蝌蚪生まる天城全山水の国

橅の森水の故郷のおたまじやくし

木々芽吹く修験の古道国ざかひ

あの頃の君さながらに花柚かな

小さしよ妻の靴下えごの花

螢狩わが名を呼べる父の声

トロント

先住民の丘どこまでも夏草原

任果ててメイプルの木の緑陰に
空蟬や意志あるごとく動かざる
山刀伐の夏鶯は曾良ならむ

九十の母の戦後史合歓の花

赤道直下《キリバス》太初の海に背泳ぎす

太平洋まつただ中に虹を見き

波音は人魚の唄か夕立あと

軽井沢雲場池

高原の空に吸はる水すまし

夜の鹿二つの眼光りけり

仔鹿つれ母鹿のゆく夜の森

牡鹿はや群を離るる袋角

秋高し浅間と競ふ離山《はなれやま》

牧師館ブリキの湯舟秋ひとつ

秋草を盲導犬の歩みゆく

運慶

菊の香や慈顔におはす無着像

秋澄むや眼賢き世親像

福島の桃の冬木のよき姿

柚子湯からヒト科ヒト属赤ん坊

除夜の鐘われの昭和史平成史

アケマシテ人工知能御慶いふ　二〇一九年

長き鼻絡めて象は初接吻

九条を投げ込むなかれどんど焚き

万物の氷れる中に光堂

定年や弱気の虫を鬼やらふ

やられし鬼の落せし角一つ

今宵また旅寝の宿のおでん酒

生国は峠の郷の雪解川

八年は短かく長し春の雪

わたつみに召されし人へ春の雪

玻璃盃に霞のごとしにごり酒

天空の月山真白梅真白
やはらかに鼓動す春の月の山
はくれんの花かがやくや朝の空

縄文の裔のわれらに初わらび

周防大島

瀬戸内の檸檬の花へ島へへんろ

島また島浪また浪やへへんろみち

離れゆく子どもの椅子に五月来ぬ

真青の空しかと憲法記念の日

葉桜や百まで生きん母の顔

読書てふ旅は果てなし雲の峰

酔ふほどに溢るる言葉ハブ酒かな

熊の糞太々とあり青胡桃

日本語のサヨナラ教ふ大夕焼

太陽へ燃ゆる剣の紅の花

同じ眉の男揃うて墓洗ふ

波間より亡き人の声流灯会

白桃の乳房むさぼる赤子かな

指さして月へ帰ると泣きじやくる

木の枝と見しが蟷螂動きけり

恩師みな鬼籍に入りぬ萩すすき

太々とひらがなのごと秋の雲

ずたずたに国壊したり秋出水

ソウル

分断の国境近し空を雁

杉田五郎先生を悼む

釧路湿原通ひ詰めたり鶴の画家

山茶花の花を墓所としたまへり

吊されて鮟鱇になほ闘志あり

柚子風呂や今年逝きたる友の顔

インド

貧者富者ガンジス河の冬の塵

村中の牛も子どももも冬休み

卒業歌

二〇二〇・二一年

二〇二〇年

峠から茂吉の蔵王年新た

初夢や穴子となりし哲学者

震災を問はず語らず牡丹雪

葱刻む今朝は老いたる母のため

九十一の母を養へお白酒

東北大学定年

学問に定年あらず春の土

尚絅学院大学特任教授

高舘の学び舎はいま花の丘

投句選句クリック一つ花の句座

千年後地球あらんか滝桜

人の血を吸ひし今年の桜かな

闇の奥へ黄泉比良坂《よもつひらさか》昼寝覚

花杏女人とおもふ月の山

コロナ後の世界よ変はれ楠若葉

赤子眠る釣鐘草の花の中

リズムよき摘果の鋏林檎園

ふるさとは梅の国なり梅筵

子の手から線香花火ほとばしる

オンライン句会終はりぬ冷し酒

百年の月山水や今年酒

新走り今宵は酒呑童子とや

引退はわれらに在らず新酒酌む

地球はや壊れたるかと月憂ふ

二〇二一年

海幸彦山幸彦へ初日燦

買ひたして揃へし妻の雛かな

吉野紙もて一対の紙の雛

お水取り僧の紙衣は蔵王より

十年経てなほも余震や震災忌

十年を泣いて笑うて雛あられ
古文書に血波の二文字震災忌
安達太良の春の青空上京す

環境社会学の畏友植田今日子さんを悼む

はくれんの花のさかりに逝きたまふ

雪形のずんずん小さし蔵王山

昭和の日軍国少年なりき父

草餅や再校のゲラなほ真つ赤

柏餅季語の奴隷となるなかれ

悠然と逆さ鳥海山《ちょうかい》大代田

掌にウキスキーボンボン夏めきぬ

湯治場の汝は湯守か蟇

指折りて妻の七福枇杷の皿

福島は福なほ遠し枇杷たわわ

野馬追の裸の馬の如き句を

友ら来て地酒の自慢鮎自慢

父かつて鮎を讃へき小国川

『環境社会学入門』上梓

半生が一書となりぬ更衣

歩み来しこの道をなほ雲の峰

潔くあるべきものに冷奴

九十余の母婉然と土用鰻

幾たびも敗れし国や敗戦忌

夏草や夢にあらずと津波跡

帰国せしうれしさはまづ水羊羹

龍太百歳山々の柿奉れ

ゲルニカの叫びもかくや鴟の贄

コロナ禍に耐へて新米塩むすび

秋一つ父の形見の万年筆

切り分けてけふの名月栗羊羹

カナクギ流の手紙はうれし栗羊羹

松島湾朴島

朴島は七戸の島よ赤まんま

松島湾寒風沢島《さぶさわじま》

この浦に津波十年稲雀

眉太き南部杜氏の今年酒

三代や南部杜氏の新走り

新走り五臓六腑を駆け巡る
煮詰めればいちじくいよよ陽の匂ひ
一家族やうやく揃ふ今年米

黒々と秋刀魚のまなこ潮充つ

滅びゆく国のわれらか銀杏黄葉

桐一葉言葉貧しき新首相

敗荷さながら内閣総辞職

一振の刀のごとく冬立てり

遠野

はるかより白鳥はまづ早池峰へ

白鳥はくわつくわつと王子呼ぶ

瀬戸内寂聴逝去

百歳に一つ届かず冬薔薇

赤ん坊も人間らしく大くさめ

一夜にて雪の浄土や光堂

いつさいを有してゐるか雪しんしん

雪暗や今宵地吹雪また来るか

天へ地へいよいよ吹雪く最上川

くろぐろと雪野の果てへ最上川

一尺も降りたる雪の月夜かな

深閑と太古のままや深雪晴
降りしきれ男一人の雪見風呂

冬の雷

二〇二二・二三年

二〇二二年

歳時記を真横にどんと鏡餅

虹といふ一字太々書初す

尋ね合ふ雪の深さや初句会

初句会あとの一椀小豆粥

吉兆や虎のまだらの粥柱

燗酒は父と酌みあふ心地せり

九十余の母へ半膳菜飯かな

仙台

風花や賢治の街のセンダード

風花や国見ケ丘わがセンダード

息子にも園児の日ありき冬帽子

白鳥の百羽眠れる氷湖かな

白鳥に抱かれて眠る赤ん坊

ウクライナ侵攻

聖火消えたちまち砲火冬の雷
銃捨てて鍬もて起こせ春の土
鳥よみな帰りて「鳥の歌」うたへ

地球いまもろく儚し吊し雛
牡丹雪舞ひはじめたる閑かさよ
学び舎はともしびの丘ふきのたう

父の忌やさくら隠しの朝の雪

忘るなと余震のつづく花の雨

松島や島また島の山桜

月山の暮れのこりけり花林檎

楸邨句集父の付箋の雪やなぎ

母の日や九十余にて眉長し

伊達武者の兜のごとく筍出づ

白玉や琉球の島いまむかし

葛切や琉球弧なす島々よ

コンビニで買ひしにあらず兜虫

志ほがまはここの落雁盆用意

祖母の掌の勤勉寡黙麦こがし

変へしこと変へざりしこと敗戦忌

耳立てて何を見てゐる母鹿よ

天と地の間に生まれ仔鹿かな

同年の朋惜しみつつ菊の酒

わが庭へ歌を届けに小鳥来る

蟻の道畏み畏み国葬す

音読す新歳時記の月の項

スマホにて届く渋谷の今日の月

無量無辺日月灯明月の山

腹裂けば炎のごときはららごよ
栗ごはん栗のかけらが笑ってる
母のため千草八千草花束に

母の掌よ最期に握る夕月夜

母の息つひに絶えたり秋北斗

逝きてなほ足裏ぬくし秋の風

ご遺体と呼ばるる母や菊の中

月山に初雪ありし永訣《わかれ》かな

大根の皮を剝きても母想ふ

真似てみる母が得意の氷頭なます

山茶花や母は位牌となりたまふ

このごろは山茶花散るもいとはしき

言ひそびれたるひとことの夜寒かな

死の影を背負うて冬の蜂歩む

生と死のあはひを歩む冬の蜂

二〇二三年

初山河わが名を呼べる母の声

くろぐろと雄勝の石を初硯

薺打つ俎板からも母の声

酔うたふりいたちのごとく退散す

一夜にてかの弁慶の大氷柱

荒事の雪卸なり汗しとど

霜柱燃え尽くるごと崩れたり

人間に自我の鬼あり鬼やらひ

子育てを終へし二人の年の豆

君らみな真つ直ぐ生きよ卒業歌

山茱萸は光の花よ卒業歌

歌ひ継げ三陸の海卒業歌

大海を漂へるかに朝寝かな

指折りて母の教へや梅真白

桜桃の花のさかりに納骨す

何もかも土に還さん花の寺

花林檎蔵王を前に母眠る

われらみな蔵王の子なり花林檎

空即是色食うて食はるる蚯蚓かな

蚯蚓にも食はせてやらうわが骸

桃咲いて阿武隈河畔花浄土

母の日や母もうをらぬ衣紋掛

母の日や我慢我慢と眼で制す

古里を出で五十年柿若葉

掌に炎のごときトマトあり

大吟醸蝦蛄の握りを締めとせん

ほうとうやごつと南瓜が山のごと

四方みな甲斐の夏山露天風呂

山盧

くちなはの乾びて蛇笏ここに在り

虚子ある日山盧と書きし涼しさよ

園田靖彦句集『曾良の島』

秋の夜や曾良目覚めたる浪の音

今年酒酌みつつ父の齢越ゆ

やうかんの栗となりけり望の月

望の夜や何を慕うて月の山

林檎園今朝より白き月の山

しぐるるやきのふの虹またけさの虹

あとがき

『月の山』は、『緑雨《りょくう》』（二〇〇六年刊）に続く第二句集です。二〇〇九年古志入会以来の句の中から四百句を収録しました。長谷川櫂先生には序句と選を賜り、句集の編み方についても細かくご助言いただきました。深謝申し上げます。

大谷弘至主宰、古志連衆の方々、とくにコロナ禍の中、二〇〇〇年から始まった古志仙台ズーム句会の皆様に深く御礼申し上げます。幹事役を務めておりますが、毎月例会のたびごとにオンライン句会の新たな可能性を体感しております。

五十五歳から六十九歳までのこの十四年の間には、東日本大震災、福島原

発事故をはじめいろいろな出来事がありました。さまざまな出会いがあり、別れがありました。国際会議などで海外を飛び回りもいたしました。

一句一句に思い出と感慨がございます。

山形県で生まれ育ったがゆえに、句集名のもととなった月山には、格別の思いがあります。高校時代は朝な夕なに月山を眺めながら通学し、季節の移ろいを日々目のあたりにしました。

いまも県境をまたぐたびに、蔵王と月山がまず出迎えてくれます。

出版にあたっては青磁社永田淳さまに、装幀は加藤恒彦さまにお世話になりました。厚く御礼申し上げます。

最後に、句集中にもときどき登場する妻と息子に、感謝の言葉を捧げます。

二〇二四年三月一日　仙台にて

長谷川　冬虹

季語索引

あ行

青胡桃【あおくるみ】（夏）
熊の糞太々とあり青胡桃　八三
赤のまんま【あかのまんま】（秋）
朴島は七戸の島よ赤まんま　一一一
秋【あき】（秋）
秋一つ父の形見の万年筆　一一〇
牧師館ブリキの湯舟秋ひとつ　七四
秋風【あきかぜ】（秋）
逝きてなほ足裏ぬくし秋の風　一三七
秋草【あきくさ】（秋）
秋草を盲導犬の歩みゆく　七四
母のため千草八千草花束に　一三六
柩の中千草八千草溢れけり　二九
秋澄む【あきすむ】（秋）
秋澄むや眼賢き世親像　七五
秋高し【あきたかし】（秋）
秋高し浅間と競ふ離山　七三
秋出水【あきでみず】（秋）
ずたずたに国壊したり秋出水　八七
秋の雲【あきのくも】（秋）
太々とひらがなのごと秋の雲　八六
秋の星【あきのほし】（秋）
母の息つひに絶えたり秋北斗　一三七
秋の夕焼【あきのゆうやけ】（秋）
包子食む王府井は秋夕焼　九
秋の夜【あきのよ】（秋）
秋の夜や曾良目覚めたる浪の音　一五一
朝寝【あさね】（春）
大海を漂へるかに朝寝かな　一四五
小豆粥【あずきがゆ】（新年）
初句会あとの一椀小豆粥　一二四
熱燗【あつかん】（冬）

燗酒は父と酌みあふ心地せり　一二四
穴惑ひ【あなまどい】（秋）
白河の関守ならん穴まどひ　三〇
虻【あぶ】（春）
金粉にまみれて眠し花虻は　二九
天の川【あまのがわ】（秋）
松島や島から島へ天の川　四五
水馬【あめんぼ】（夏）
高原の空に吸はるる水すまし　七二
鮎【あゆ】（夏）
父かつて鮎を讃へき小国川　一〇七
次々と子ら飛び込みて鮎となれ　四五
友ら来て地酒の自慢鮎自慢　一〇六
蟻【あり】（夏）
蟻の道畏み畏み国葬す　一三四
鮑【あわび】（夏）
浦々に海賊潜む鮑とり　五四
鮟鱇【あんこう】（冬）
脊髄を刺して鮟鱇活〆に　六四
糶られつつ大鮟鱇は睨みけり　六四
吊されて鮟鱇になほ闘志あり　八八
杏の花【あんずのはな】（春）
花杏女人とおもふ月の山　九六
鼬【いたち】（冬）
酔うたふりいたちのごとく退散す　一四二
無花果【いちじく】（秋）
煮詰めればいちじくいよよ陽の匂ひ　一一三
銀杏黄葉【いちょうもみじ】（秋）
滅びゆく国のわれらか銀杏黄葉　一一四
稲雀【いなすずめ】（秋）
この浦に津波十年稲雀　一一二
稲妻【いなずま】（秋）
バンコクの甍は赤し稲光　二六
鰯雲【いわしぐも】（秋）
語り継ぎ書き継ぐわれら鰯雲　二九
岩魚【いわな】（夏）

尾瀬や夏岩魚尽くしの馳走かな　四五
空蟬【うつせみ】（夏）
空蟬や意志あるごとく動かざる　七〇
梅【うめ】（春）
天空の月山真白梅真白　八〇
指折りて母の教へや梅真白　一四五
梅干【うめぼし】（夏）
ふるさとは梅の国なり梅筵　九八
えごの花【えごのはな】（夏）
えごの木の花降る星降るわが狭庭　一六
咲きあふる野生の力えごの花　四四
小さしよ妻の靴下えごの花　六九
炎昼【えんちゅう】（夏）
炎昼や十三億の人いきれ　一八
老鶯【おいうぐいす】（夏）
山刀伐の夏鶯は曾良ならむ　七〇
桜桃の花【おうとうのはな】（春）
桜桃の花のさかりに納骨す　一四五
御降【おさがり】（新年）
大雪となる御降りの面白さ　二七
おでん【おでん】（冬）
今宵また旅寝の宿のおでん酒　七八
旅人におでんの屋台釜山駅　一三
お水取り【おみずとり】（春）
お水取り僧の紙衣は蔵王より　一〇一
泳ぎ【およぎ】（夏）
赤道直下太初の海に背泳ぎす　七一

か行

鏡餅【かがみもち】（新年）
歳時記を真横にどんと鏡餅　一二三
牡蠣【かき】（冬）
五年後のこの浦ゆたか牡蠣筏　四二
柿【かき】（秋）
龍太百歳山々の柿奉れ　一〇九
書初【かきぞめ】（新年）

虹といふ一字太々書初す　一二三
柿若葉【かきわかば】（夏）
古里を出で五十年柿若葉　一四八
風花【かざはな】（冬）
風花や賢治の街のセンダード　一二五
風花や国見ヶ丘わがセンダード　一二五
柏餅【かしわもち】（夏）
柏餅季語の奴隷となるなかれ　一〇四
霞【かすみ】（春）
玻璃盃に霞のごとしにごり酒　七九
蝌蚪【かと】（春）
蝌蚪生まる天城全山水の国　六七
橅の森水の故郷のおたまじやくし　六八
鹿の子【かのこ】（夏）
仔鹿つれ母鹿のゆく夜の森　七三
天と地の間に生まれ仔鹿かな　一三三
兜虫【かぶとむし】（夏）
コンビニで買ひしにあらず兜虫　一三一
南瓜【かぼちゃ】（秋）
ほうとうやごつと南瓜が山のごと　一四九
蟷螂【かまきり】（秋）
木の枝と見しが蟷螂動きけり　八六
雷【かみなり】（夏）
安達太良の憤怒のごとく雷鳴す　二二
粥柱【かゆばしら】（新年）
吉兆や虎のまだらの粥柱　一二四
受験子の力やしなへ粥柱　六三
米寿喜寿うち揃うたり粥柱　三三
雁【かり】（秋）
分断の国境近し空を雁　八七
蛙【かわず】（春）
初蛙汝も津波の語り部ぞ　二五
寒卵【かんたまご】（冬）
東京にあこがれる子へ寒卵　三四
桔梗【ききょう】（秋）
若き日の妻の色なる桔梗かな　三九

菊【きく】（秋）
菊の香や慈顔におはす無着像　七四
ご遺体と呼ばるる母や菊の中　一三八
菊酒【きくざけ】（秋）
還暦や連夜旅寝の菊の酒　三〇
同年の朋惜しみつつ菊の酒　一三四
御慶【ぎょけい】（新年）
アケマシテ人工知能御慶いふ　七六
虚子忌【きょしき】（春）
父の忌の近づく花の虚子忌かな　三八
桐一葉【きりひとは】（秋）
桐一葉言葉貧しき新首相　一一四
九月尽【くがつじん】（秋）
胸中を瀧たぎり落つ九月尽　五九
嚔【くさめ】（冬）
赤ん坊も人間らしく大くさめ　一一六
草餅【くさもち】（春）
草餅や再校のゲラなほ真つ赤　一〇四
草紅葉【くさもみじ】（秋）
杜甫李白孟浩然みな草紅葉　一〇
葛切【くずきり】（夏）
葛切や琉球弧なす島々よ　一三一
楠若葉【くすわかば】（夏）
コロナ後の世界よ変はれ楠若葉　九七
熊【くま】（冬）
月の輪の熊の子にはや獣の眼　六一
雲の峰【くものみね】（夏）
歩み来しこの道をなほ雲の峰　一〇七
読書てふ旅は果てなし雲の峰　八三
クリスマス【くりすます】（冬）
中華街小籠包でクリスマス　一三
栗飯【くりめし】（秋）
栗ごはん栗のかけらが笑ってる　一三六
栗羊羹【くりようかん】（秋）
カナクギ流の手紙はうれし栗羊羹　一一一
切り分けてけふの名月栗羊羹　一一一

クロッカス【くろっかす】（春）
クロッカスけふが最後のランドセル 二一
憲法記念日【けんぽうきねんび】（春）
真青の空しかと憲法記念の日 八二
凍る【こおる】（冬）
万物の氷れる中に光堂 七七
蟋蟀【こおろぎ】（秋）
村歌舞伎果てたる夜のちちろ虫 四六
五月【ごがつ】（夏）
離れゆく子どもの椅子に五月来ぬ 八二
小鳥【ことり】（秋）
わが庭へ歌を届けに小鳥来る 一三四
小春【こはる】（冬）
小春日を賜る妻の誕生日 一〇
更衣【ころもがえ】（夏）
半生が一書となりぬ更衣 一〇七

さ行

左義長【さぎちょう】（新年）
九条を投げ込むなかれどんど焚き 七七
桜【さくら】（春）
千年後地球あらんか滝桜 九五
人の血を吸ひし今年の桜かな 九六
鵯は口吸ふごとく桜吸ふ 五二
吉野山の桜に届く訃報あり 四三
山茶花【さざんか】（冬）
このごろは山茶花散るもいとはしき 一三九
山茶花の花を墓所としたまへり 八八
山茶花の泣いて笑うて散りしきぬ 六〇
山茶花や母は位牌となりたまふ 一三九
五月闇【さつきやみ】（夏）
梅雨の闇まどろみをれば余震また 一七
五月雨【さみだれ】（夏）
さみだれや放射能雨の嬲り降る 一七
三月【さんがつ】（春）
三月や蠟燭の灯に吾子を抱く 一五

山茱萸の花【さんしゅゆのはな】（春）
山茱萸は光の花よ卒業歌　一四四
残雪【ざんせつ】（春）
雪形のずんずん小さし蔵王山　一〇三
秋刀魚【さんま】（秋）
黒々と秋刀魚のまなこ潮充つ　一一四
鹿【しか】（秋）
耳立てて何を見てゐる母鹿よ　一三三
夜の鹿二つの眼光りけり　七二
時雨【しぐれ】（冬）
しぐるるやきのふの虹またけさの虹　一五二
枝垂桜【しだれざくら】（春）
しだれ桜伊達と南部の国境　五二
霜柱【しもばしら】（冬）
霜柱燃え尽くるごと崩れたり　一四三
馬鈴薯【じゃがいも】（秋）
朝市や馬鈴薯の名はヴァン・ゴッホ　一九
石楠花【しゃくなげ】（夏）
石楠花やむすんでひらいて逝きたまふ　二五
蝦蛄【しゃこ】（夏）
大吟醸蝦蛄の握りを締めとせん　一四九
終戦記念日【しゅうせんきねんび】（秋）
幾たびも敗れし国や敗戦忌　一〇八
変へしこと変へざりしこと敗戦忌　一三三
父母は十七なりき敗戦日　四六
敗戦日丸山忌また恩師の忌　五七
わが恩師敗戦の日に逝かれけり　五七
淑気【しゅくき】（新年）
電話から卒寿の母の淑気かな　四九
春暁【しゅんぎょう】（春）
春暁の夢亡き父に見舞はるる　一五
昭和の日【しょうわのひ】（春）
昭和の日軍国少年なりき父　一〇三
除夜の鐘【じょやのかね】（冬）
除夜の鐘われの昭和史平成史　七六
白玉【しらたま】（夏）

白玉や琉球の島いまむかし　一三一
白酒【しろざけ】（春）
九十一の母を養へお白酒　九四
代田【しろた】（夏）
悠然と逆さ鳥海山大代田　一〇四
新酒【しんしゅ】（秋）
新走り五臓六腑を駆け巡る　一一三
新走り今宵は酒呑童子とや　九九
引退はわれらに在らず新酒酌む　九九
還暦を一つ過ぎたり今年酒　四〇
今年酒句を選ぶかに飲み比べ　五八
今年酒古稀なほはるか山の宿　五九
今年酒酌みつつ父の齢越ゆ　一五一
三代や南部杜氏の新走り　一一二
百年の月山水や今年酒　九九
眉太き南部杜氏の今年酒　一一二
新年【しんねん】（新年）
峠から茂吉の蔵王年新た　九三
年新た翡翠の声聞こえけり　六三
長き鼻絡めて象は初接吻　七六
餅自慢雑煮自慢や年迎ふ　二〇
新米【しんまい】（秋）
一家族やうやく揃ふ今年米　一一三
コロナ禍に耐へて新米塩むすび　一一〇
塩むすびに勝るものなし今年米　二六
謹みて新米を研ぐきゆつと研ぐ　一九
ゆきむすびその名うるはし今年米　一二
湯気あげて今年米てふよき言葉　一九
新涼【しんりょう】（秋）
新涼や伝頼朝の御姿　三九
西瓜【すいか】（秋）
西瓜畑赤子の尻の並びたり　一二
瞳黒きシルクロードの西瓜売　九
水仙【すいせん】（冬）
この浜も四年経ちしか水仙花　三六
水灯会【すいとうえ】（秋）

波間より亡き人の声流灯会　八五
芒【すすき】（秋）
恩師みな鬼籍に入りぬ萩すすき　八六
笠島はここぞと揺るる花薄　四〇
涼し【すずし】（夏）
虚子ある日山廬と書きし涼しさよ　一五〇
鈴虫【すずむし】（秋）
鈴虫を真似てゐるまに丸寝の子　一八
雪原【せつげん】（冬）
くろぐろと雪野の果てへ最上川　一一八
蟬【せみ】（夏）
胡同やこなたかなたの蟬時雨　九
剪定【せんてい】（春）
剪定はばさと推敲はばつさりと　四二
雑煮【ぞうに】（新年）
焼鯊を小太刀のごとく伊達雑煮　一三
四世代十有五人雑煮椀　一四
卒業【そつぎょう】（春）
歌ひ継げ三陸の海卒業歌　一四四
うたふ子らみな生き延びよ卒業歌　二一
かつて大事ありけふ卒業の君らかな　三六
君らみな真つ直ぐ生きよ卒業歌　一四四
卒業歌この歌声を忘るるな　三六
四年後の大地を讃へ卒業歌　三七
蕎麦の花【そばのはな】（秋）
父祖の地の会津に入るや蕎麦の花　五八
蚕豆【そらまめ】（夏）
お多福豆母は米寿となり給ふ　四四

た行

大根【だいこん】（冬）
大根の皮を剝きても母想ふ　一三八
大根干す【だいこんほす】（冬）
藤原は三代農は百代大根干す　二〇
大試験【だいしけん】（春）
鉛筆と消しゴムの音大試験　五〇

台風【たいふう】（秋）
台風来いよいよ真暗き海のいろ　四六
筍【たけのこ】（夏）
伊達武者の兜のごとく筍出づ　一三一
追儺【ついな】（冬）
一献は今宵やらひし鬼のため　三四
定年や弱気の虫を鬼やらふ　七七
人間に自我の鬼あり鬼やらひ　一四三
吹雪く夜は追儺の鬼に宿貸さん　六五
やらはれし鬼の落せし角一つ　七八
月【つき】（秋）
音読す新歳時記の月の項　一三五
月餅の大きな月を掌の中に　三九
地球はや壊れたるかと月憂ふ　一〇〇
無量無辺日月灯明月の山　一三五
指さして月へ帰ると泣きじやくる　八五
氷柱【つらら】（冬）
一夜にてかの弁慶の大氷柱　一四二
鶴【つる】（冬）
釧路湿原通ひ詰めたり鶴の画家　八七
手花火【てはなび】（夏）
子の手から線香花火ほとばしる　九八
冬至粥【とうじがゆ】（冬）
冬至粥卒寿の母は俳句詠む　六二
年忘【としわすれ】（冬）
マサーラの薫れる家に年忘れ　二七
トマト【とまと】（夏）
掌に炎のごときトマトあり　一四九
土用鰻【どようなぎ】（夏）
九十余の母婉然と土用鰻　一〇八
鳥帰る【とりかえる】（春）
鳥よみな帰りて「鳥の歌」うたへ　一二七

な行

薺打つ【なずなうつ】（新年）
薺打つ俎板からも母の声　一四一

夏【なつ】（夏）
炎帝の紅ならん陣羽織　五四
夏草【なつくさ】（夏）
夏草や夢にあらずと津波跡　一〇九
夏野【なつの】（夏）
先住民の丘どこまでも夏草原　六九
夏の山【なつのやま】（夏）
雲間に乳首のごとく夏嶺立つ　一一
四方みな甲斐の夏山露天風呂　一五〇
分校はエコスクールよ夏の山　一一
夏めく【なつめく】（夏）
掌にウヰスキーボンボン夏めきぬ　一〇五
菜飯【なめし】（春）
九十余の母へ半膳菜飯かな　一二五
虹【にじ】（夏）
太平洋まつただ中に虹を見き　七一
バザールのランプ擦れば虹の橋　二五
入学試験【にゅうがくしけん】（春）
いつせいに鉛筆を置く受験生　五〇
ただいまと大きな声の受験の子　三五
葱【ねぎ】（冬）
葱刻む今朝は老いたる母のため　九四
猫の恋【ねこのこい】（春）
ガムランは恋猫のごと狂ほしく　六五
捩花【ねじばな】（夏）
捩花のねぢれねぢれて恥入りぬ　二六
根深汁【ねぶかじる】（冬）
ぶつ切りを風邪の男へ根深汁　二四
合歓の花【ねむのはな】（夏）
九十の母の戦後史合歓の花　七一
年酒【ねんしゅ】（新年）
歌の神へ年酒一献奉れ　四九
野馬追【のまおい】（夏）
天が下馬駆け抜けよ野馬祭　五五
嘶きは野馬の慟哭夏の草　五五
駆け抜けてどれも相馬の裸馬　五六

野馬追の裸の馬の如き句を　一〇六
野馬追やがぼがぼと鳴る馬盥　五五
野馬駈けの女武者なり水の汗　五六
野馬駈けや鞭一閃の入れ処　五六

は行

墓参【はかまいり】（秋）
同じ眉の男揃うて墓洗ふ　八四
白鳥【はくちょう】（冬）
白鳥に抱かれて眠る赤ん坊　一二六
白鳥の百羽眠れる氷湖かな　一二六
白鳥はくわつくわつと王子呼ぶ　一一六
はるかより白鳥はまづ早池峰へ　一一五
葉桜【はざくら】（夏）
葉桜や百まで生きん母の顔　八二
斑雪【はだれ】（春）
闘へる牛のかたちに斑雪　二四
初句会【はつくかい】（新年）
尋ね合ふ雪の深さや初句会　一二三
妻を恋ふ誰の投句か初句会　四九
盛岡も北上も雪初句会　二四
初景色【はつげしき】（新年）
初山河わが名を呼べる母の声　一四一
初硯【はつすずり】（新年）
くろぐろと雄勝の石を初硯　一四一
初刷【はつずり】（新年）
初刷や脱原発のわが一書　二〇
初空【はつぞら】（新年）
蔵王嶺は茂吉の山河初御空　二三
初空や口笛で吹くサンタルチア　一〇
初御空いよよ真白き月の山　四一
初日【はつひ】（新年）
海幸彦山幸彦へ初日燦　一〇〇
初雪【はつゆき】（冬）
月山に初雪ありし永訣かな　一三八
初夢【はつゆめ】（新年）

初夢や穴子となりし哲学者　九三
花【はな】（春）
伊勢海老の髭の跳び出す花の膳　六七
上京や白河以南花の中　二八
高舘の学び舎はいま花の丘　九五
投句選句クリック一つ花の句座　九五
何もかも土に還さん花の寺　一四六
花時【はなどき】（春）
はにかみて出産予定日花のころ　三七
花の雨【はなのあめ】（春）
老い深き鉄の女へ花の雨　一二
花の雨父の忌近き蔵王かな　六七
忘るなと余震のつづく花の雨　一二九
花びら餅【はなびらもち】（新年）
花びら餅春なほ遠き城の町　三三
母の日【ははのひ】（夏）
母の日や我慢我慢と眼で制す　一四八
母の日や九十余にて眉長し　一三〇
母の日や母もうをらぬ衣紋掛　一四八
飯匙倩【はぶ】（夏）
酔ふほどに溢るる言葉ハブ酒かな　八三
はららご【はららご】（秋）
腹裂けば炎のごときはららごよ　一三六
春【はる】（春）
春なれや白き乳房の月の山　二八
やはらかに鼓動す春の月の山　八〇
春田【はるた】（春）
北上の水のあふるる春田かな　五一
春の空【はるのそら】（春）
安達太良の春の青空上京す　一〇二
春の月【はるのつき】（春）
ロシア語で啄木の歌春の月　一六
春の土【はるのつち】（春）
学問に定年あらず春の土　九四
銃捨てて鍬もて起こせ春の土　一二七
春の星【はるのほし】（春）

五年とや今宵あまたの春の星　四二
春の雪【はるのゆき】（春）
震災を問はず語らず牡丹雪　九三
父の忌やさくら隠しの朝の雪　一二九
八年は短かく長し春の雪　七九
牡丹雪舞ひはじめたる閑かさよ　一二八
六年経て大虚空より春の雪　五二
わたつみに召されし人へ春の雪　七九
万緑【ばんりょく】（夏）
万緑の声みちみてり橅の森　一二
東日本大震災忌【ひがしにほんだいしんさいき】（春）
厳かに夜の明けゆくや三月十一日　三五
古文書に血波の二文字震災忌　一〇二
十年経てなほも余震や震災忌　一〇一
みちのくを三月十一日二分けす　一五
蟇【ひきがえる】（夏）
湯治場の汝は湯守か蟇　一〇五
氷頭膾【ひずなます】（秋）
真似てみる母が得意の氷頭なます　一三九
雛あられ【ひなあられ】（春）
十年を泣いて笑うて雛あられ　一〇二
ぞうさんのうたをうたへばひなあられ　一二八
雛祭【ひなまつり】（春）
一年を存へてまた雛飾る　二一
買ひたして揃へし妻の雛かな　一〇〇
地球いまもろく儚し吊し雛　一二八
七十七億の中の二人や雛の夜　六六
雛段もたをやか紅花御大尽　五一
満月は女雛北斗は男雛かな　六六
吉野紙もて一対の紙の雛　一〇一
我らみな風に吹かるる吊し雛　六六
向日葵【ひまわり】（夏）
向日葵ハ暑サニ負ケヌデクノボー　三八
冷酒【ひやざけ】（夏）
オンライン句会終はりぬ冷し酒　九八
冷奴【ひややっこ】（夏）

村中の牛も子どもも冬休み　八九
紅の花【べにのはな】（夏）
太陽へ燃ゆる剣の紅の花　八四
蛇【へび】（夏）
くちなはの乾びて蛇笏ここに在り　一五〇
遍路【へんろ】（春）
島また島浪また浪やへんろみち　八一
瀬戸内の檸檬の花へ島へんろ　八一
朴落葉【ほおおちば】（冬）
アフリカのお面さながら朴落葉　五八
朴の花【ほおのはな】（夏）
朴の花地震に堪へし宇土櫓　四三
螢【ほたる】（夏）
生き延びて螢見てをり汝と吾　一七
螢は天の川より飛び来しか　一八
螢狩【ほたるがり】（夏）
螢狩わが名を呼べる父の声　六九
螢袋【ほたるぶくろ】（夏）
赤子眠る釣鐘草の花の中　九七
牡丹【ぼたん】（夏）
渾身の莟をほどく牡丹かな　五三
長谷川は長谷寺ゆかり白牡丹　二二
牡丹焚火【ぼたんたきび】（冬）
牡丹焚き大横綱を悼みけり　四一
みちのくの闇は音なし牡丹焚く　四〇
牡丹の芽【ぼたんのめ】（春）
牡丹の芽のあかあかと六年後　五三
盆用意【ぼんようい】（秋）
志ほがまはここの落雁盆用意　一三二

ま行

豆撒【まめまき】（冬）
かりかりと六十と二つ福の豆　五〇
子育てを終へし二人の年の豆　一四三
米蔵塩蔵味噌蔵文蔵豆を打つ　六四
水着【みずぎ】（夏）

色褪めし家族写真の水着かな　二三
水羊羹【みずようかん】（夏）
帰国せしうれしさはまづ水羊羹　一〇九
南風【みなみ】（夏）
海賊の幟千切れん大南風　五四
蚯蚓【みみず】（夏）
空即是色食うて食はるる蚯蚓かな　一四七
蚯蚓にも食はせてやらうわが骸　一四七
迎火【むかえび】（秋）
迎へ火や那智勝浦の辻々に　二三
麦こがし【むぎこがし】（夏）
祖母の掌の勤勉寡黙麦こがし　一三二
虫【むし】（秋）
山の湯や千山万水虫時雨　五七
名月【めいげつ】（秋）
スマホにて届く渋谷の今日の月　一三五
望の夜や何を慕うて月の山　一五二
やうかんの栗となりけり望の月　一五一
芽立ち【めだち】（春）
木々芽吹く修験の古道国ざかひ　六八
茂吉忌【もきちき】（春）
茂吉忌はけふも試験日開始ベル　二七
茂吉忌やこの朝太き霜柱　三四
木蓮【もくれん】（春）
はくれんの花かがやくや朝の空　八〇
はくれんの花のさかりに逝きたまふ　一〇三
はくれんは貝がらのごと砕けたり　五三
鵙の贄【もずのにえ】（秋）
ゲルニカの叫びもかくや鵙の贄　一一〇
桃【もも】（秋）
白桃の乳房むさぼる赤子かな　八五
桃の花【もものはな】（春）
桃咲いて阿武隈河畔花浄土　一四七

や行

山桜【やまざくら】（春）

松島や島また島の山桜　一二九
敗荷【やれはす】（秋）
敗荷さながら内閣総辞職　一一五
夕立【ゆうだち】（夏）
波音は人魚の唄か夕立あと　七二
夕月夜【ゆうづきよ】（秋）
母の掌よ最期に握る夕月夜　一三七
夕焼【ゆうやけ】（夏）
日本語のサヨナラ教ふ大夕焼　八四
雪【ゆき】（冬）
一夜にて雪の浄土や光堂　一一七
いつさいを有してゐるか雪しんしん　一一七
一尺も降りたる雪の月夜かな　一一八
山の向かうの向かうは雪の山形よ　一一四
雪下し【ゆきおろし】（冬）
荒事の雪卸なり汗しとど　一四二
雪解【ゆきどけ】（春）
生国は峠の郷の雪解川　七八
雪解やいま波猛る小国川　三五
雪晴【ゆきばれ】（冬）
深閑と太古のままや深雪晴　一一九
雪晴や歯磨きできる倖せよ　一一四
雪見【ゆきみ】（冬）
降りしきれ男一人の雪見風呂　一一九
雪催【ゆきもよい】（冬）
雪暗や今宵地吹雪また来るか　一一七
雪柳【ゆきやなぎ】（春）
楸邨句集父の付箋の雪やなぎ　一三〇
行く秋【ゆくあき】（秋）
行く秋の光の奥に瑞巌寺　五九
柚子【ゆず】（秋）
北限の柚子の聖樹に実のたわわ　六一
柚子湯【ゆずゆ】（冬）
星のごと七つ浮かべて柚子湯かな　六二
柚小柚帰国の夜の冬至風呂　四一
柚子風呂や今年逝きたる友の顔　八八

柚子風呂や今年訪ねし国の数　六二
柚子湯からヒト科ヒト属赤ん坊　七五
柚の花【ゆのはな】（夏）
あの頃の君さながらに花柚かな　六八
北限のひとときは香る花柚かな　四四
夜寒【よさむ】（秋）
言ひそびれたるひとことの夜寒かな　一四〇

ら行

落花【らっか】（春）
偉丈夫の骨壺かろし花の塵　四三
花びらはみどり児に降る母に降る　三八
立春【りっしゅん】（春）
獣の糞新しき春来たり　六五
春立つやきつねうどんに柚子一片　五一
立冬【りっとう】（冬）
一振の刀のごとく冬立てり　一一五
緑陰【りょくいん】（夏）
任果ててメイプルの木の緑陰に　七〇
林檎【りんご】（秋）
リズムよき摘果の鋏林檎園　九七
林檎園今朝より白き月の山　一五二
林檎の花【りんごのはな】（春）
月山の暮れのこりけり花林檎　一三〇
花林檎蔵王を前に母眠る　一四六
福島の林檎の花のいたはしき　一六
われらみな蔵王の子なり花林檎　一四六
竜胆【りんどう】（秋）
竜胆やおもだち母似十五歳　三〇

わ行

蕨【わらび】（春）
けふよりは高校生ぞ初わらび　三七
縄文の裔のわれらに初わらび　八一

初句索引

あ

赤子眠る　九七
赤ん坊も　一一六
秋草を　七四
秋澄むや　七五
秋高し　七三
秋の夜や　一五一
秋一つ　一一〇
アケマシテ　七六
朝市や　一九
安達太良の
　春の青空　一〇二
　憤怒のごとく　一二二
あの頃の　六八
アフリカの　五八
天が下　五五
歩み来し　一〇七
荒事の　一四二
新走り
　五臓六腑を　一一三
　今宵は酒呑　九九
蟻の道　一三四

い

言ひそびれたる　一四〇
逝きてなほ　一三七
生き延びて　一七
幾たびも　一〇八
潔く　一〇八
いさぎよし　六〇
偉丈夫の　四三
伊勢海老の　六七
一家族　一一三
一年を　二一
一夜にて
　かの弁慶の　一四二
　雪の浄土や　一一七
一献は　三四
いつさいを　一一七
一尺も　一一八
いつせいに　五〇
嘶きは　五五
色褪めし　二三
引退は　九九

う

歌ひ継げ　一四四
うたふ子ら　二一
歌の神へ　四九
空蝉や　七〇
海幸彦　一〇〇
浦々に　五四

え

えごの木の　一六
炎昼や　一八
炎帝の　五四
鉛筆と　五〇

お

老い深き　二二
桜桃の　一四五
大雪と　二七
厳かに　三五
牡鹿はや　七三
尾瀬や夏　四五
お多福豆　四四
同じ眉の　八四
お水取り　一〇一
恩師みな　八六
音読す　一三五
オンライン　九八

か

海賊の　五四

著者略歴

長谷川 冬虹（はせがわ とうこう）　　本名　公一（こういち）

1954 年　山形県上山市生まれ
1975 年　東大学生俳句会「原生林」に参加
1997 年　俳人の父の死を契機に俳句を再開、木語入会。山田みづえに師事。東北大学俳句会に参加
2004 年　木語終刊
2006 年　第 1 句集『緑雨』（ふらんす堂）刊行
2009 年　古志入会
2013 年　古志同人
2020 年　古志仙台ズーム句会幹事
2022 年「長谷川櫂をよむ」リレー評釈を担当
社会学者、尚絅学院大学特任教授・東北大学名誉教授
『環境社会学入門 ── 持続可能な未来をつくる』（2021 年、ちくま新書）をはじめ、社会学関係の多数の著作がある

長谷川耿子遺句集『雛の箱』（1997 年、角川書店）、同遺稿集『やまがた俳句散歩 ── 山寺・最上川・月山』（2004 年、本の森）の編集にあたる

現住所
〒 989-3201 仙台市青葉区国見ヶ丘 3 丁目 11−6
Email:hasegawa3116@gmail.com
http://hasegawakoichi.com

古志叢書第七十二篇

句集　月の山

初版発行日　二〇二四年四月十日
著　者　長谷川冬虹
定　価　二二〇〇円
発行者　永田　淳
発行所　青磁社
京都市北区上賀茂豊田町四〇―一（〒六〇三―八〇四五）
電話　〇七五―七〇五―二八三八
振替　〇〇九四〇―二―一二四二二四
http://seijisya.com
装　幀　加藤恒彦
印刷・製本　創栄図書印刷

ISBN978-4-86198-587-4 C0092 ¥2200E